思い出のファーストキスはハーモニカ

幼き日「ギターのジロー」に憧れて

注　幼稚園の頃、テレビで見ていた「人造人間キカイダー」の主人公ジローが、ギターを弾いて登場する姿が印象的だった。

JN106381

僕ならばキスするよりも抱きしめたい
君のこと無口にさせてごめんなさい

キミノソノウスイチブサヲマモリタイ
手をつなぐだけで幸せだった頃

女優より優しい女が俺は好き

わいせつな行為をしないと生まれない

人は何故子供を作ってしまうのか？

人は何故言葉を創ってしまったか

その言葉だけで十分うれしいよ

あとはもう思い煩うことなかれ

ＦＲＩＤＡＹスペル忘れてＦＬＹＤＡＹ《空飛ぶ日》

知りたいの？　ハッピーエンドの後日談

曖昧な「幸せ」などという言葉

君の夢最近見なくなりました

失恋は「しつこい」と読み笑い飛ばせ
君はいつ僕の写真を棄てたのか

いつだってこの世は先ゆき不透明

そもそもがガレキのようなこの世界

傷ついた僕をギターが慰める

淋しさに慣れてしまえばそれもよし

一行詩　無口な僕の独り言

独語《ドイツ》の単位落せし吾なりき

数学の先生いつも嫌われる

先生を信じて落ちた地獄かな

雨よ降れ！　あいつの心臓撃ち抜けよ!!

嫌なこともキンモクセイで忘れ去り

向かい風僕の存在消したがる
啼かぬなら啼かずともよいホトトギス

職業欄『革命家』とでも記そうか
東洋のアポリネールとならんかな

死にかけた俺の人生詩に賭ける

自殺せしあの子の魂今いずこ

儚いね　僕も儚い存在だけど
わが胸に悲劇と喜劇同居する

コメディアン以外の人を笑うなよ
リスペクト寺山修司俵万智

僕の詩《うた》誰かのこころ慰めて

ツイードのジャケット冬を闊歩する

道の上HOPE《ホープ》の空き箱冬の朝

冬の日の各駅停車のあたたかさ

口笛でみずから励ます冬の道

美しい音楽だけが絶対だ

ジョビン聴くオートリピート癒される

いつの日か坂本龍一国際空港《エアポート》

I just want to become a melody.

CDを止めて聴き入る雨の音

霧雨に傘をさす人ささぬ人

雨の予報何回見ても変わらない

天気予報外れてうれしい晴れ間かな

珈琲の香り漂う朝《あした》かな

その苦さ味わうものなり珈琲は
淋しさを感じて珈琲淹れて飲む

サイフォンは幸せ奏でる楽器かな
「おいしいね」ミスドのカップで飲む珈琲

喫茶店孤独と珈琲文庫本

珈琲が麻薬のように効いている

珈琲を飲んでしまえばまた独り

珈琲を飲み干し孤独の味を知る

もう決めた!!　俺は独りで生きてゆく！

ネクタイを締めて思えり無職の日

残業の机で『トロッコ』思い出す

注　『トロッコ』は中学国語教科書に載っていた芥川龍之介の作品。

ため息をついたホームに終電車

くたびれた夜を電車が走ってく

ファミレスに孤独集まる深夜2時

淋しさで死んでしまうよこの僕は

この僕を救っておくれ流れ星

ウイスキーグラスに残るむなしさよ
空中の過去をぼんやりながめてる

亡き母に会える気がする台所

待ってるよ時計が意味を失くすとき

花は咲く星は輝く人生きる
枯れてゆく　あえてその先考えず

ほれっぽい俺のこころは隙だらけ
大好きです君が生まれた秋田県

美人というコトバも超えるあなたです

うれしいなあなたと同じオーラ2

注　オーラ2はハミガキ粉の商品名。

これからは一緒に年を取りましょう

傘をさす君の姿がいとおしい

ささやかな幸せあなたと帰る道

6と8ラッキー7の両隣り

その昔2月が最後の月でした

カップルを見かけるたびにホッとする

何想う？「すき家」の看板見て君は
遠慮して値段で選ぶあなたかな

ありがとう僕を支える君や彼

この僕もどこかで誰かを支えてる

死ぬ日まで紳士でいたいわが人生
最期の日笑って死ねればそれでいい

短歌集「ギターを弾かなくなった僕」

人生で吾に影響与えしは『松本隆』と『坂本龍一』

風狂い作詞家松本隆様いつかあなたとお話したい

ランボーの生まれ変わりは隆さん孤独が好きな私はゲーテ

音楽で吾に影響与えしはフィンガー5とＹＭＯ

音楽は3分位で気持ち良くなれるから好き映画より好き

映画より映画音楽僕は好き『風のささやき』『男と女』

料金受取人払郵便

新宿局承認

7552

差出有効期間
2024年1月
31日まで
（切手不要）

郵便はがき

1 6 0-8 7 9 1

1 4 1

東京都新宿区新宿1－10－1

(株)文芸社

愛読者カード係 行

ふりがな お名前		明治　大正 昭和　平成　　年生　　歳
ふりがな ご住所	□□□-□□□□	性別 男・女
お電話 番　号	（書籍ご注文の際に必要です）	ご職業
E-mail		

ご購読雑誌（複数可）	ご購読新聞 新聞

最近読んでおもしろかった本や今後、とりあげてほしいテーマをお教えください。

ご自分の研究成果や経験、お考え等を出版してみたいというお気持ちはありますか。

ある　　ない　　内容・テーマ（　　　　　　　　　　　　）

現在完成した作品をお持ちですか。

ある　　ない　　ジャンル・原稿量（　　　　　　　　　　　　）

書　名				
お買上 書　店	都道 府県	市区 郡	書店名	書店
			ご購入日	年　月　日

本書をどこでお知りになりましたか?
1.書店店頭　2.知人にすすめられて　3.インターネット(サイト名　)
4.DMハガキ　5.広告、記事を見て(新聞、雑誌名　)

上の質問に関連して、ご購入の決め手となったのは?
1.タイトル　2.著者　3.内容　4.カバーデザイン　5.帯
その他ご自由にお書きください。
(　)

本書についてのご意見、ご感想をお聞かせください。
①内容について

②カバー、タイトル、帯について

弊社Webサイトからもご意見、ご感想をお寄せいただけます。

ご協力ありがとうございました。
※お寄せいただいたご意見、ご感想は新聞広告等で匿名にて使わせていただくことがあります。
※お客様の個人情報は、小社からの連絡のみに使用します。社外に提供することは一切ありません。

ふと僕が君の視線に気づいた日あれから二人は恋に落ちたね

チクタクと二人の時間が過ぎてゆき恋が終わって愛が始まる

ジョンレノン坂本龍一ニューヨークいつかは僕もニューヨーカー

この電車栃木駅など吹き飛ばしニューヨークまで行けばいいのに

「斬新な作風ですね」と寺山に言ってもらえたら身に余る光栄

空想の世界を旅するこの列車「栃木の次はベネチア、ベネチア」

短歌って面白いよねたのしいね病床で読む『サラダ記念日』

病詩人以外の詩人がいるのかと思う私も病詩人なり

一浪の年から数えて30余年『統合失調症』を患う

二浪中親友《とも》が賀状をくれました「苦悩を突き抜け歓喜に至れ」と

駿台の古文の先生優秀で苦手な古文好きになったよ

母さんが名づけた通り生きてゆけ！　アキラという名はとても素敵さ

ペンネーム『水上哲《ミズカミアキラ》』に決めました今後の活躍ご期待下さい

背が高くマジメで優しく面白い人だよ水上哲君てさ

看護短大《かんたん》を中途退学した俺はあしたのジョーと飛雄馬が好き

優勝の望み断たれし巨人《ジャイアンツ》残り試合をいかに戦う？

むかしから争うことは好きじゃない　己に克てればそれでいいのさ

何事も宿命《さだめ》と思えば気も楽で自業自得と言い聞かせている

正解《こたえ》など無いと言われる人生をどう生きようと俺の人生

僕なりにショートソングを詠《うた》えればそれでいいよね枡野浩一

「意味なんてもう何も無い♪」とオザケンが『ローラースケート・パーク』を歌う

『美しさ』ただそれだけをつかまえるために言の葉並び変えてる

模範解答《キレイゴト》ならば教科書《テキスト》に書いてある僕が求めるのは独創性《オリジナリティー》

マイナスの気持ちがプラスに変わるとき一句出来たり一首詠めたり

盗まれた傘も誰かの役に立つそうと思える今日は幸せ

俳句ほど無口になれない僕だからこの頃短歌でつぶやいている

俳人に比べて歌人はよくしゃべるそんな気がする編集作業

今僕はペン一本を武器にしてなって見せるさ『トップ・オブ・ザ・ワールド』

ひたむきに少年は街をランニング君の未来はきっと明るい

咲き急ぐ桜に急かされ僕は生き桜より先にあの世へ向かう

死んでから勲章なんてもらってても俺はちっともうれしくないよ

この俺は病《やまい》と共に生きている　病が俺を育ててくれる

統失になったからこそ人生を深く味わうことができたよ

統失を患い生きる俺だけどこのまま終わるつもりなどない

何もないようで全てがある空を今日も見上げてこころ鎮める

「大丈夫、何とかなるさ」と言い聞かせ今日も生きてるくもり空の下

エアコンの効いてる病室《へや》の窓辺から入道雲わく青い空見る

病室《びょうしつ》で静かに口笛吹いている『雨にぬれても』『風になりたい』

吹き抜ける風の孤独を君知るや風の行き先吾は知らざり

「永遠の転校生」を自認するどこへ行っても僕はよそ者

死にたいと思う気持ちで揺れている物干し竿の白いTシャツ

自殺して悪いんですか？　この僕に誰が生きろと言えるんですか？

障害を言い訳にして人生をあきらめるなよ！　自殺するなよ！

この俺を励ます如く蝉たちが「生きろ、生きろ」と大声で啼く

落ち着かぬこころを落ち着かせるためにジャスミンティーをカップに注ぐ

リーバイス10本位持っていて何が不満で吾は嘆くか

いつからかナイキを履ける幸せを忘れて今を嘆く身となる

病棟には不釣合いかと思うけど穿きたいから穿く青いリーバイス

青に黄のナイキのシューズを病室に持ち込んでいる　ながめるために

病室に合ってるようで何となく口笛で吹く『イパネマの娘』

父母の背中見送る病み人の病みは無闇に病んでゆくのみ

病んでいる僕を愛してくれた人　君こそまさに白衣の天使さ！

ありがとう「あたしも好きよ！」の即答を　あなたが一番素直で正直

重篤の母の見舞の帰り道兄弟三人カツ定食食う

１０５日入院していた母逝けり　もうお見舞には行けないんだね
こんなにも大きな悲しみ残しつつ去ってゆくのかいとしい母よ

足の爪はがして泣いた幼き日母さん静かに処置してくれた

母さんが好んで聴いた布施明　母亡きあとに残るレコード

ポールモーリア聴けばあの日を思い出す母と出かけた札幌公演

大好きな『冬のソナタ』のＣＤを聴くとき母は少女にかえる

直ちゃんにメールで送ったそのように強い男になればいいだけ

感傷に浸る間もなく俺たちは生きねばならぬ　それが男だ

母までも嫌がる父のいびきさえ愚息の吾には子守唄なり

飲みたけりゃ買って来るからいくらでもビール焼酎ウイスキー

自分では一度も着たことないけれど父の日にはラコステを買う

俺だって一人前に働きたい　精神疾患抱えながらも

新春のハローワークにバラが咲く女子スタッフの真っ赤なセーター

手続きの全てが完了したみたい　ジンジャーエールを飲みたい気分さ

がむしゃらに働け働け男なら　可愛いあの子を養うために

愛情を注いでくれた両親に感謝しながら仕事に励む

布団敷けば消えちゃうようなスペースでささやかな暮したのしんでいる

この部屋を愛してきれいにしておこう吾の傷みを癒すためにも

部屋に居るだけでこころが癒される　石田ゆり子が僕を見ている

遠くまで流され今はここにいる　最果ての町で過ごす気分さ

ファミレスに一人で入ることなんて僕にとっては朝めし前さ
独身も悪くないなと思うのは一人気ままに街をゆくとき

あえて言う100パーセント負け惜しみ俺は自由と結婚したのさ

人々の無意味な会話にうんざりし私は独り珈琲を飲む

珈琲を飲める幸せ感じつつありがたく飲む味わって飲む

カップルは絶滅危惧種となりぬ今いずこへ向かう孤独な群衆

秋を舞う枯葉の如くわがこころ軽やかであれ鮮やかであれ

ハンカチを忘れたことは一度もない財布を忘れたことはあるけど

汗臭くシイタケ臭いこの僕にそれでも寄り添う君がいとしい

注　この当時、シイタケ栽培の会社に勤めていた。

ｋｉｓｓよりもｓｅｘよりも何よりもギュッとしたいよ可愛い君を

君が言う「地味な」ポロシャツ僕は着て素敵な君とたのしくデート

迷いつつ選び求めしプレゼント渡す相手のいる幸せよ

君が訊く「私のどこが良かったの？」そんな言葉がなおさらいとしい

嫌なこと今日も色々あったけど君の笑顔で終わる一日

この人が僕の彼女でよかったよ　美しい人穏やかな人
「森さん」といつもあなたを呼ぶけれどこころの中では『ゆりちゃん』と呼ぶ

新しい愛のカタチを創りたい　浮気でもなく不倫でもなく

見てごらん時代が僕を追いかける　時代遅れのこの僕を

「永遠の転校生」を自認するどこに行っても友達がいっぱい
気がつけばギターを弾かなくなった僕ペンを握って詩を書いている

著者プロフィール

水上 哲（みずかみ あきら）

1968年2月栃木県大田原市生まれ。早大社会科学部卒業。自治医大看護短大中退。音楽鑑賞をこよなく愛し、自らもクラシックギターを演奏するのが趣味。小学生の頃から松本隆や、中学以降は坂本龍一の影響を強く受けクリエイターを志す。今回の一行詩集の発刊は、自身の障害をカミングアウトし残りの人生を芸術に捧げることの決意表明として敢行した。好きな言葉は「晴耕雨読」

一行詩集
転校生アキラ

2022年10月15日　初版第1刷発行

著　者　水上 哲
発行者　瓜谷 綱延
発行所　株式会社文芸社
〒160-0022　東京都新宿区新宿1－10－1
電話　03-5369-3060（代表）
03-5369-2299（販売）

印　刷　株式会社文芸社
製本所　株式会社MOTOMURA

ISBN978-4-286-23895-1　JASRAC　出2204997－201